灰婪星

你暗藏伏筆，深深淺淺
我的意象滿是瘡痍

目次

之為序

路面在施工，雜聲悶響。我不瞭解在夜裡修路的概念，但那似乎是爲了明日的順遂所作的準備。

孤獨在這裡也鑽入睡眠；殉道者受苦時的匱乏，有時感到空洞，兩旁的人無法理解的那些苦難，我不知道會不會更好更徹底，或是更讓自己失去自己。

那麼一刻我看著身旁的人奮力著，卻也明白，他們沒有把我的手接住。哀慟了一聲，我清楚那是心疼伴隨著無力疲乏。明天的你知道，自己也要跟著進入死亡了嗎?它特地回來告訴你。始終難以改變預設好的事，即使那會讓我們誤會、揣測萬千。

一切都好冷。死亡不是新的體驗，也無從好奇。衰退時，細胞每分每秒都在腐朽；生命終逝的時候，也不再執著。放棄執念的自己，儼然化作記憶。那些認眞伴我每一刻成長的人們，無謂聽著我落淚的時刻，那些愛都是眞眞實實發生過的事。

我愛你們，那僅是最後能給予的擁抱。最後，也冀緩慢生活，緩慢深根，緩慢老去。

10 「我找到你了，不要擔心。」這樣告訴你，晚安的通關密語

落墨之時

夏花盛放
輕聲柔喚你的名字
那具有魔力的音律

在耳窩繞嚷著：
寫一首詩給你
投擲於魚雁
在雲煙往返

蒸發成雨落下時
有豔陽
烘焙過想念的氣味

無意義的意義

面對宇宙的衡度
在眾多微小單位裡
亦有我們的存在
無止境延續。自由
是爲了畫線
再將行動作爲釋義，
那些我們認爲
意味深遠的
都是無意義的開始

雁

一切拋空的
快樂像泡沫滋長，停留
耳蝸裡嗡嗡聲響
於是拔除天線失去聯繫
的鳥，向光飛離航道：「更遙遠的
還有，更遙遠的……」

明日不能再寫
一首短詩，索性一封掛號信
地址在深邃的夢裡
穿越你的悲傷，或許
堅定如一座遠山雲霧裊繞

城市外還有群青輕聲交談
暮光倚落肩上
沒有擁抱，在日光裡慢慢迷路
眼裡的荒蕪
種下一片無限的可能
只剩你
或我也被時間遺忘

09 我在想能不能
多說一些溫柔的話，
讓你像是被擁抱著

迷途

你知道有一種愛名爲等待
果實落地，或浮雲掠過太陽
需要充沛飽滿的時光
澆灌於躬屈的背脊

你知道，有一種私語
是未來。微光映水，
不必遺忘受過傷的昨日
留疤的心有人守候
寧靜得像隻馴良的小犬

你知道有一種迷途

害怕伸手緊握
假如旅行是逃避
離去前的承諾
便是救贖，像水平線
遙望最初的日升日落
一切回到沒有距離的期待

不常說愛

有些思念放在一個長長的假期裡
睡著時就會變成一場夢，
遠遠地走向一個溫柔的清晨

凝視

也開始蟬鳴
逐漸夏日
「還在這裡嗎？」你如此問起
當然，也能不問
指了指遠方
城市，沿著袖口離去
你笑出聲，我和著你
風景不在他方
今天的人們都很溫柔
融化手中冰棒
或許我們可以，可以
再更接近一些

春日午後

城市凝縮在偶數的步伐
之間，安心讓時間流溢
在草青色的風裡。菸，酒，
一個輕吻，或——
呢喃在光線的邊緣有些可見
與不可及的，那被名爲一瞬間的錯覺
沉澱於安穩的春日午後，像稻穗
一一飽滿地躺落他們手上
尚未離去。一次次，想依偎向你
在還未到達的未來，輕輕敲碎
承諾，慢慢說著：「這就是我
給你的最柔軟。」

斷片

甚至很想親吻你，如果明天
下雨那就賴在被窩裡耽溺肌膚
之間的餘地有你溫熱的柔軟
然後賴床、繼續
賴床繼續嗅你耳後的香氣
偷偷埋入心臟，窺探你
一切，輕咬臉頰輕咬耳垂
說喜歡你唷喜歡你酣睡
的模樣蹭著我的胸口抱緊我
像是要永遠融化在枕邊，
直到午後雨停

繁盛

於是在最安靜的夜晚
星星碎片的微光引領著
我們，猶如即將飄離的
蒲公英。帶著愛意遷徙遠處
在需要溫暖的夢境之間，繁盛

08 我把陽光又借了回來，這次放在你身上，
光線像愛一樣擴散在我們的胸膛

灰矮星

漸漸被你的陰鬱
吞噬，在那之後
看見自己
不斷分散四射，
逐漸冷卻
誰說轉身離開
就不會落淚
至少，再次綻放
碎裂的光芒
在你的黑暗裡擁抱——
我的瞬間成爲你
唯一的豢養

文字學

那是一封盛開的季節
以你為名的絢麗
字與字之間，距離
有著親暱的氣息
數萬種排列組合遠道
來訪，必須反覆念誦
才能習得你的模樣
喚醒你的白露時分
光線滴落字沿，滑行
在聲韻上，像柔焦的葉脈
如何記憶，才足以凝聚
你的眼光

近距離公式

寫詩，偶爾
寫你。寫你的成分
大於微寒的雨天，不過
你也手腳冰冷——至少雙手
觸碰前，我們已確認彼此

美術館

圍繞著欲望，和你
一起跳舞不斷跳舞
像節拍落空故障的音樂盒
失序地點燃奥祕

我們的宇宙，在思維之間
將我們緊緊相擁
透過時間，還能看見
逐漸完整的什麼

07 夜晚的太陽去了哪裡？你說。

轉過身就會看見了，先閉上眼吧。

Time lag

我想我適合
做一顆太陽
老派地爲你帶些陽光
暖晒你
睡不安穩的凌晨時刻

日子流逝而漸冷
也許這就是祕密
當你開始依賴
便無法離開這些擁抱
那麼就做一顆太陽吧

完整消失的時候
保有一份私心
在你醒來之後依舊擁有
八分三十秒前的溫暖

談論愛時總是希望被豢養

像在草原上有光的揮霍
一前一後，躲在你身旁
許諾一顆星星的願望

每天每天，靠近一些
直至豢養你，直到
看見你的眼光裡
有我的倒影

積雨

「不停累積理論，就能找到答案。」

像是與你相處
也能如積雨雲一樣嗎？
落下的每一滴雨都是
更瞭解你的祕密

迴圈

——南澳路途

雨以線型方式撤離
時間有些昏厥、遲鈍
錯字連篇，我明白
安靜難以營造
在更深層的孤獨裡
找尋純粹……

仍舊是缺乏睡眠
（而我始終疲倦）

雲霧親暱了山海
憂傷走慢空間
你是眷戀，我說

你是眷戀而我
不斷繞，不停繞
形成踱步的迴圈
減速慢行，直到
終點不再是
你的眼波我的脈搏

夜雨

睡前放了鋼琴奏鳴曲
是降 E 大調的，緩慢移動像今晚
潛入你的夢裡安靜無語地
在身後偷偷望著，假如
天空也黯淡
你還會留下嗎，留下呼吸
陪我閉眼
睡去，或不再設想離去

未果

空氣中有氣泡，
綠意向窗外蔓生
做一個夢，或是不再
悄悄說一盞謊言

在星星墜落於你之前，繼續
許一個未知的允諾

黃昏之時

撫觸一個臉龐，
當作整片星空的
溫柔
只有我們的影子懂：
牽手時會融化
親吻後有貓
離開是波浪

騎單車去追逐
流星的眼淚
接起便擁有無限的
時間（釀了累世的蜜啊）

森林身後是海洋
浸濕聲音，咽唔著耳窩
有人回頭輕笑
皺褶了歲月

缺口

你準備好了就說
說完了就走
留下來的人度日依然
只少了一塊拼圖
永遠無法成樣
是日遺忘
逐漸荒蕪的心臟
（是那個時候的頻率）
毫無察覺
自身的脆弱

立春

即將昏昏欲睡
音律或字已然沉澱
在雨的寂靜邊緣，於是閉眼
等待更安慰的依偎
逐漸明朗的春日午後，
以青梅微醺時間
尋求擁抱或不再執迷
模仿一枚從未見過的笑容

06

還有這裡，還有你的心底，
我的世界依舊落筆墨在紙上渲染，
寫你

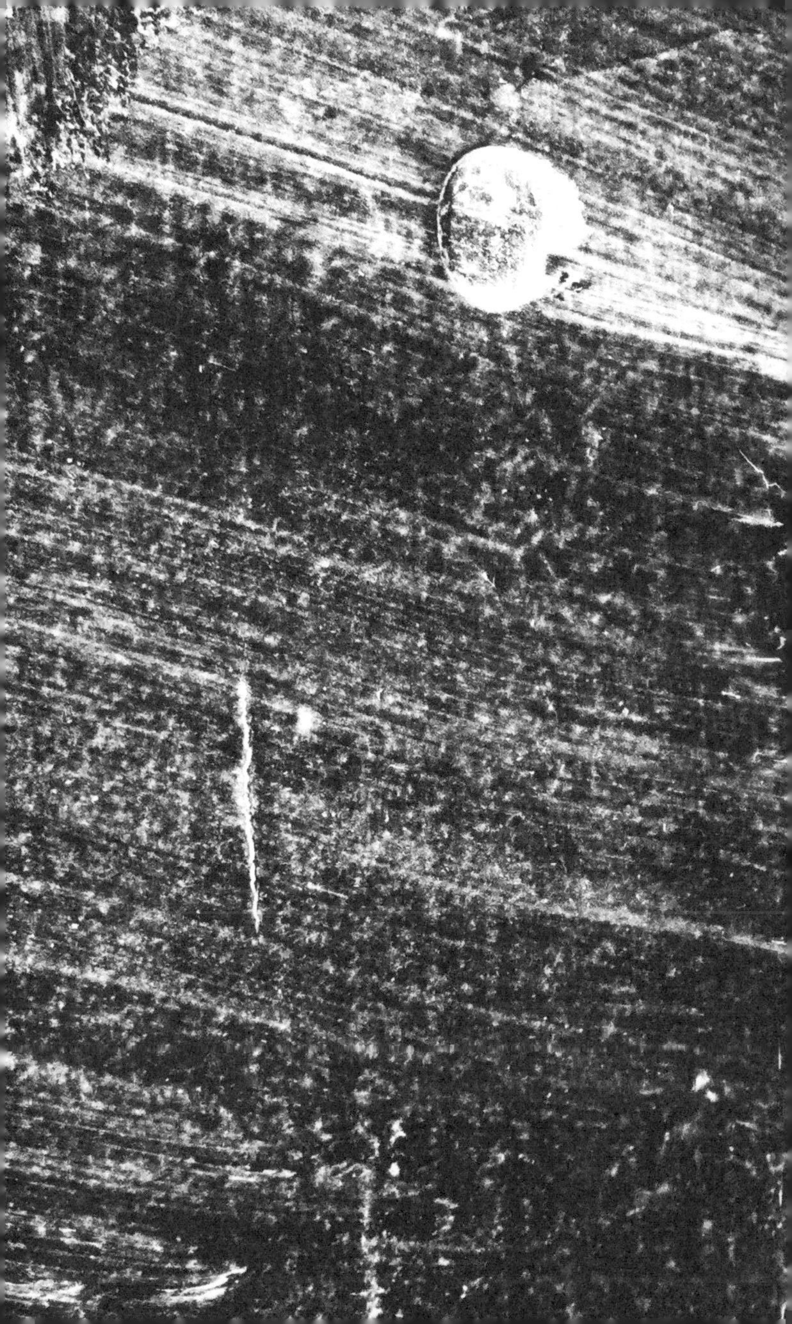

偶陣雨

過分思念的夏日曝晒
疲倦相互膨脹，四竄作雷響
開出濕濡的花
街上沒有相戀的人
我們撐傘漫步
毫不保留直到雨季過境

小犬情詩

1

「握手。」
綿著音說了兩個字，掛起微笑
閃動的眼眸
仍舊
說起話總像保有期待，伸手
緊握快樂。

2

雨是日滂沱，你說
是不能散步了
一鼓作氣朝你奔去，我能

好好窩在你身邊
觀察每一個小動作，直到
成爲你與他人不同之處

3

燈光閃逝，
車內光斑是在彼此身上
移動的預言：我們去散步
去微涼的草皮，漸漸而又
沒有你，沒有名字的呼喚，
沒有影子的聲響走來

安靜的溫度

氣流上升的時候
會有微小氣泡
在耳膜附近震盪
那樣聽起來像海潮，
澄藍的天空是
飛機雲劃過的湖面
沒有雨的日子
萬般期待，水氣能濕潤觸覺
假如，這是我們的記憶，所有的存在
也已完整歸位
天晴的時候會想起
你的眼睛，琥珀色的光影

比較安靜的溫度
像日光液化，液化
曾經遙遠的夢。不再談論
愛的脆化，在嫩綠之間
默許
還能形成什麼樣的生活——

起源

假如下場大雨是歡愉，那麼
眞正的歡愉，是在傘底
一同假寐而此刻
我是感到如此誠實，向一切
所到之處致上深邃的吻
如同記號，指引我們的本能
更迭彼此的心跳

隧道光

——北海岸返行

躲起來就會沒事的，對嗎
開著車坐上你的位置
你專心看路而我看著你
一分一秒流逝都拓印成記憶，
沒有回音也沒有附應

我們要去哪裡，
要去難以上色的未來嗎？

一路行駛的隧道裡有光和熱
風在這裡被打碎，像細語竄動
在耳邊只有溫熱的祕密
你說，望著也毫無盡頭
我們走了吧，回家吧你說

什麼都在發愁，正在黯淡
你開始疲倦，手也鬆開了方向
今晚離家徹底遙遠

05

而我繳械投降，甘願
在繁複失重的雜音裡接收
你的波長

花種

寫了很多首詩
嵌入桂花的香氣
讓憂愁不再清晰，
也偷藏著一座花園在文字裡，
比如我很想你

斷電

能是快樂的嗎，想起我
一秒也好，我想
你比我愛你更深刻
屬於不屬於，總之我想你了
一點思慕已經足夠
填充失去你的夜晚
星空斷電了，遠比所想像的更加喜愛
相遇並且停留
逐日守候而來的嘆息
寫成一首詩作為失眠前一刻
徘徊的行星，以及更深邃的
你的夢境

沙漏

明日就要重新計算
明日與光一同
炙熱、焚燒、灰滅
成為一場完好的辯論
你和自己的攻防
在床沿枯萎，
離起床的時間，遙遠得
就像眨眼

囈語

即使城市因意亂浮沉
晃落了眼淚，他們說
是雨。終於能緩淌
在撐傘時，多爲你接幾滴
無法開口也沒有關係，
時間是一個擁抱，安撫我的腐鏽
擁有過的所有日子裡
只有你流向我

玩命之索

常常誤解，離開你的
是人而非愛
多次我們選擇透明的甜蜜
在藍色的情愛裡分解
是日無光，親吻或擁抱
遠不及登門的一盞花
我瓦解自己，在他的聲音之下
僅是獨舞的俘虜。任憑他
捻熄最深處的喜悅
宛如一場雅緻的默劇
最接近窒息時
最輕易嘗試信任

食夢貘

對人友善，像微波食物
有時也會燙傷指尖。他明白
安靜是一種焦慮的慰藉
偶爾還是會寂寞

屋內乾燥如光，星期六
枕邊時常有雨。降溫
該清醒的
習慣，漸漸失去體熱……

拼湊記憶像扭轉時間
我們可以交換

眼淚，在安穩的凌晨五點
鳥鳴淡漠盤旋
窗臺，依舊有光滲透

白日將近的前一刻
耳裡的低頻噪音（有些沾黏，
他的聲音也跟著怠惰）

說過的經緯、象限，形狀
散亂了話語裡的秩序
……晚安，或是早安都是
某刻無關緊要的愛意

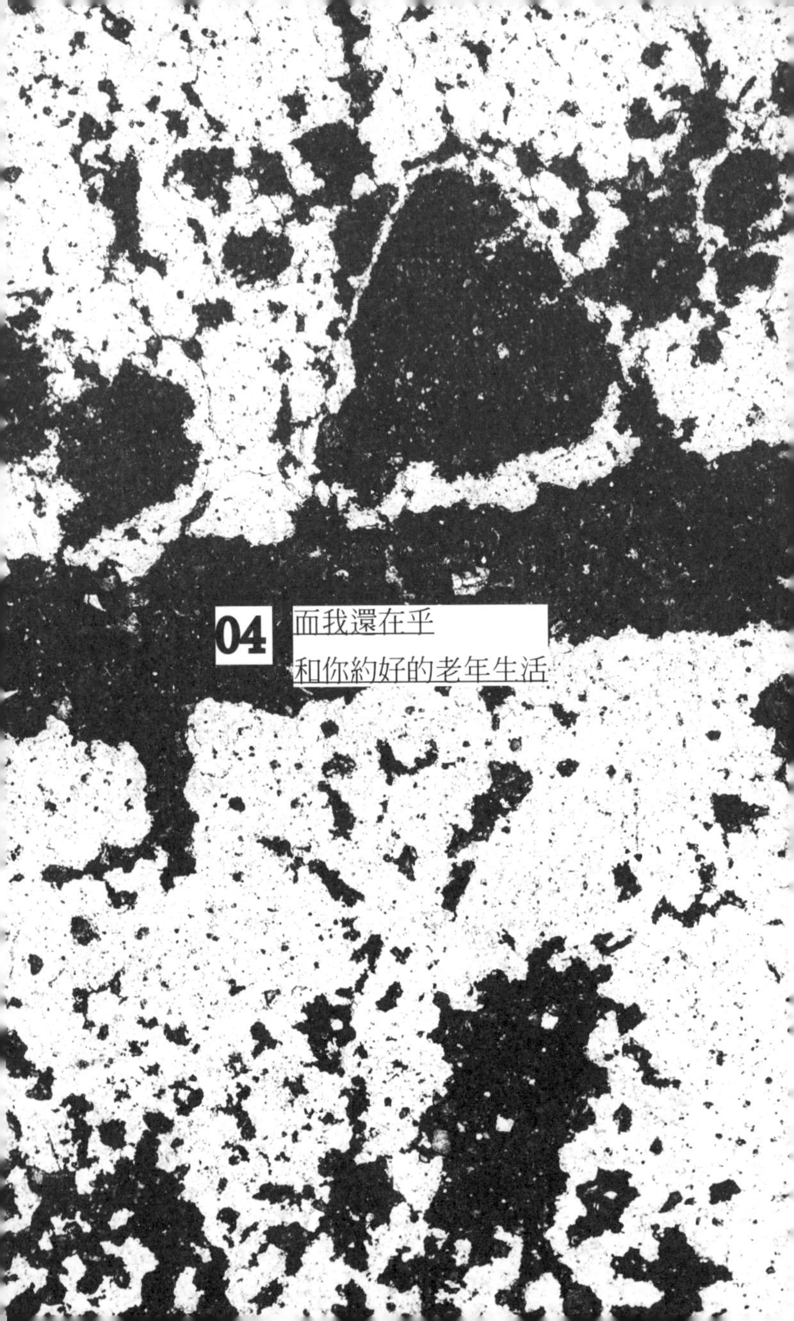

04 而我還在乎
和你約好的老年生活

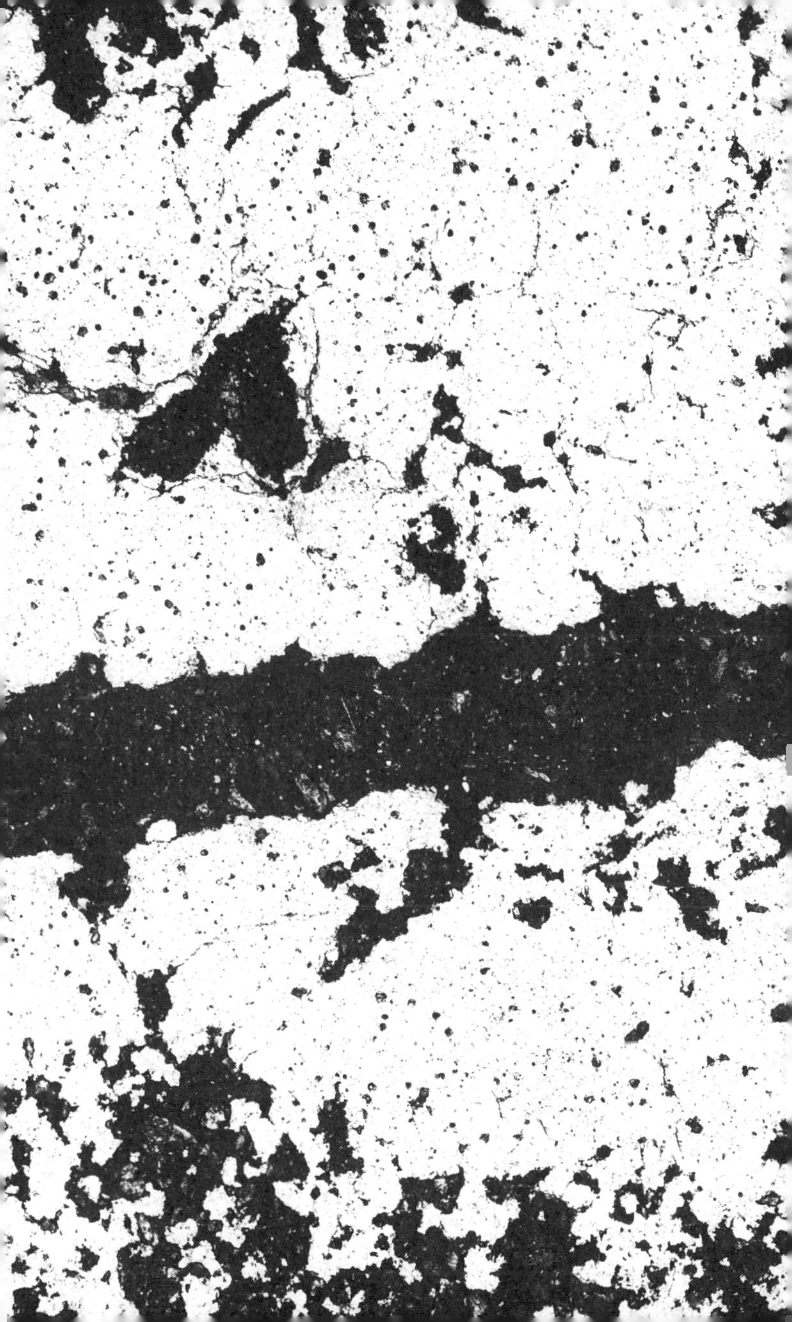

獵戶或小熊

我害怕一切
正在變質的事物，
留著一首詩在尚未結束前
做一個小小的標記

然而宇宙
千瘡百孔，星星背後有人
窺探後便是離去
沒有光線足以承載
我的悲傷

都正在糜爛

都正在枯萎

星期四沒有靈魂放置之處

也尚未雕琢
也尚未親密

我明白一切
毫無困難的傷害，乃至
逃離太過純粹的事物
死去了的一部分是孤獨

流星

失去微光的凌晨，還有星群
在你的孤島盤旋，
降落，墜入夢裡一閃而過
燃起極光的波長

你的聲音，在今夜
還有星星帶走細碎孤傲
偷走清醒，而我也閃閃發光
在你熄止之前

可能

在這裡
每一個我都像不斷分裂
的細胞，睜眼就是謊
早晨再次掉入某處夢境
聲音不再，我知道
那是遠方

到底時間是以何種方式行進
有時懷疑自己
僅是一葉片段
幻影，除了囈語
所有承諾也只是一抹光

03

而從鏡子裡知道自己是誰
從鏡子裡發現愛情的輪廓，
渺渺茫茫，也只能明白
愛你的人就是失去的缺口

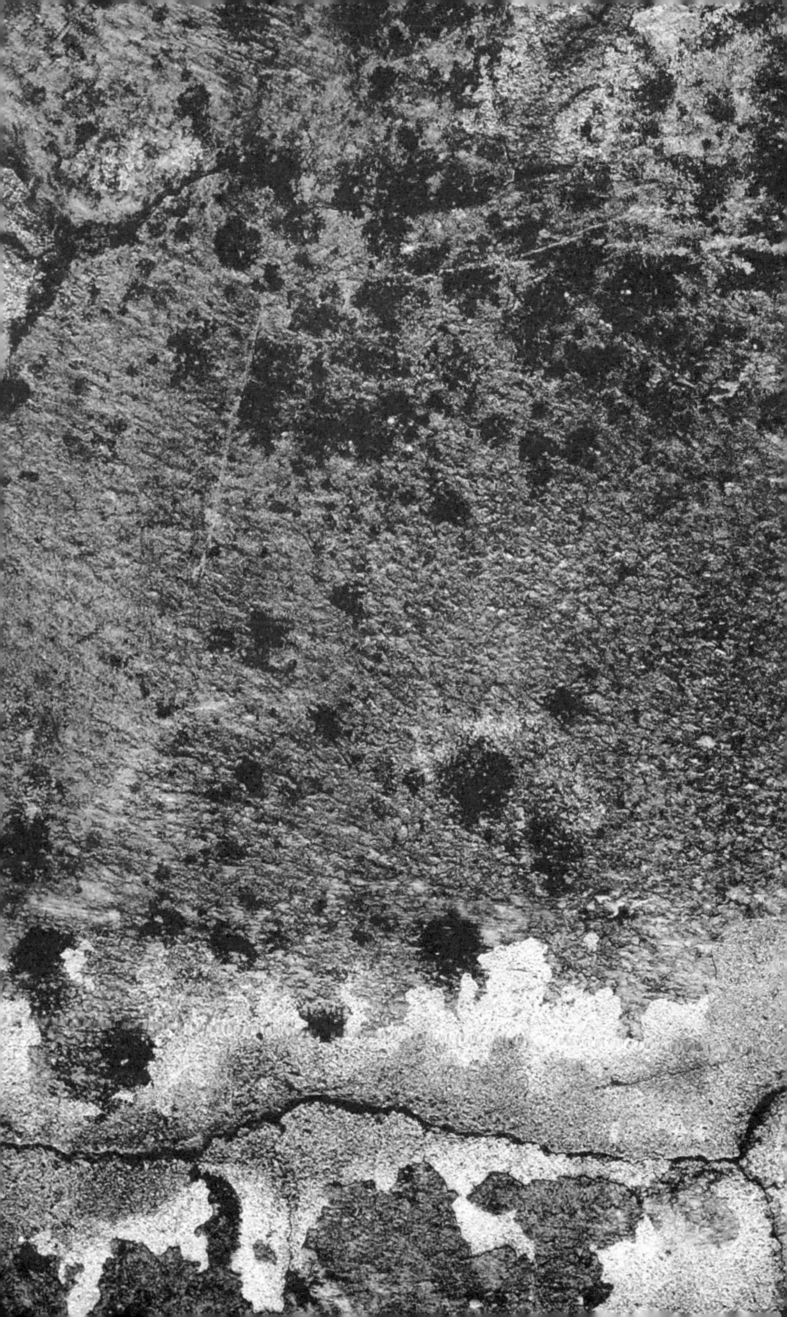

炎暑

七月
在無事生非的黎明
露水像一株期待
逕自蓊綠也凋零、枯竭
如他所寄生的未知，
蔓生床沿

七月
凝望前的熱帶氣旋
他明白，選擇之間
理想是崩解
在無止境的眼前，有人停留

便是無恙

七月
暴雨後的悶濕
無獨有偶，瑣碎的寧靜
也與夏夜如沐
在煙花裡盡是沉醉
夜光，在墜落之際
拼湊

鑄

像一處桐花飄落
夾拾在頁扉之間
乾燥，對白
無法重新來過
像處方止痛劑
像未果的藩籬
在無盡的歉意裡，失去悲傷

於是惘然，所謂的不再重複
直至昨日還難以明確，
在本分裡學會鍛造
生活的輪廓

無窮無盡的失敗
無窮無盡的再造

潮汐

向前進或後退
再向前能將步履吞沒、浸染
像隱沒在山嵐之間
一切都將成爲徒勞，他明白
記憶是所幸之事。尚未到來的明天
也將今日拍打上岸，離去
留下淺薄的冀盼，獨自擱淺
像演進失敗的大型哺乳類動物
於水於岸之際彌留
深深淺淺儼然是座古老廢墟
銘刻著存在的必然
即是幸福的悲劇

綠手指

光堆砌在徹底失眠的
白日，從窗外溢入
覆蓋身子儘管早已遺忘……
生活的色澤，片段性向光
生長。蔓生窗臺的藤
已近暮色

角落

又停電了
我能聽見自己
正在縮小某些無用的感觸
知道時間會像奶油溶化
在燈黑的房內
思索夢所遺失的片段
聽見一些低吟，驚呼，
肌膚輕碰之間的喃喃——
關於愛的新生
扎痛如血在水中綻放
猶如繁花藏收的親暱
是曖昧後的渴望，氣息之間

促使我們緊擁
也像濕潤的果實，我深信
那就是他長成的模樣
在胸口間澎湃、難耐、撕裂
而親吻每一處豔紅的憂懼
或不可而想的快樂
失去電流之間，我們背信
自我的歡愉自己的純粹，
只爲了拾光

換

安然度日
失去文字的痕跡
過分悲傷，也摺疊
剩下的想像
如今生活
如同代人泊愛
尋求一位歸屬，然而
不了了之
在極度傷感的假設裡
捏造一種幸福
那裡除了假寐
沒有我們

02

我的心臟就要交付給你了
融化成純粹的孤獨，
在雨聲裡，
不願具名地投訴

花與淚

這幾日的接近有時失敗，
知道在夢裡偶爾會錯身而去
是想念的聲音
有些逐漸枯萎
在那年夏日，陽光普照
讓牆屋過分飽滿的鮮明。而我
只記得那些顏色，斑駁在衣袖上
有點打濕。那時候的下午
那一天的臺北
停了電
回家之前在想什麼。回家之前
是我們而已嗎？

在那個第一次來到的地方，試圖掩蓋的
都在季末失速，迷航在記憶內
偶爾會把一些人看成是曾經的眼光
就算刺刺的
然而也已經刺痛著
明明讓人大聲地、赤裸地
說上那些話
無論能否再見上一面
在那些逕自突兀的話語開始剝落之後
部分的自己，也被埋沒在夏日的大雨
隨意腐朽

面對明日而你正在死亡

還想陪你一起
看浮雲流動，而你知道
這有可能是在海裡

我喜歡海，你說
太遼闊的總是迷失，你會
遺忘。所以化作森林
然而過於複雜，於是
逕自奔走。離開終將撩亂的

索性生而爲人
等待藩籬

種

逐漸腐壞的未來
確保仍有純真，在
一切枯萎之後
尙能灌溉
等候明日見光

宿主

時間到了
就知道答案
或許根本從未有過
答案，憑藉妄想而蔓生
在腦海之中築巢
徒留空穴，抽絲剝繭
而昨日未曾改變
像瘟疫布滿大陸，
希望是一種最孤寂的病菌

花葬

想葬死我的愛，在永遠
的森林裡。沒有預設
前提，也不必害怕

帶著喜愛你的祕密
和言語一起，深深埋藏
在雨季結束前腐朽

機率

如果森林愛上大海
如果海的存在是某種安撫
如果樹木腐朽爲愛情
如果這不再只是夢，而我們
在宇宙的盡頭耽溺彼此
成爲細碎塵埃
落在這一切的邊陲，如果
我們就是那一個如果

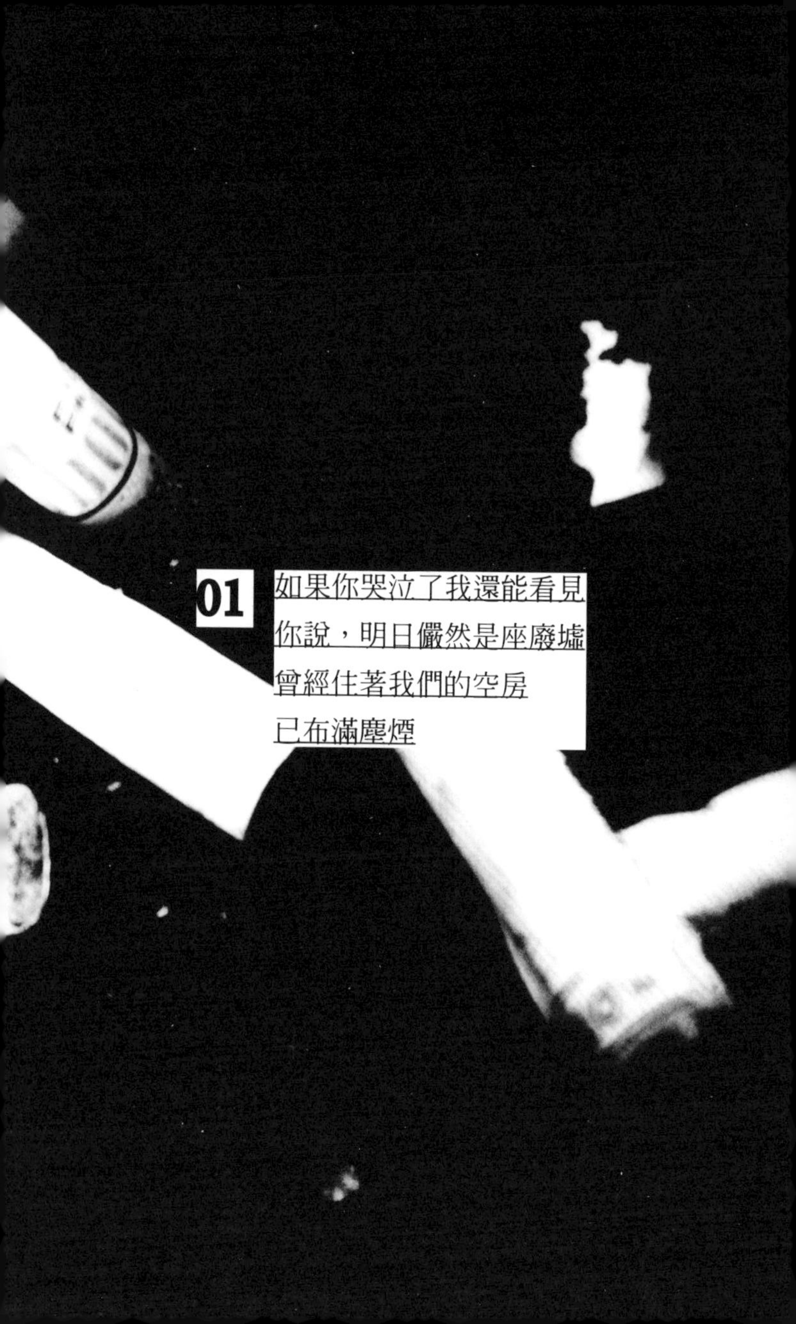

01

如果你哭泣了我還能看見
你說，明日儼然是座廢墟
曾經住著我們的空房
已布滿塵煙

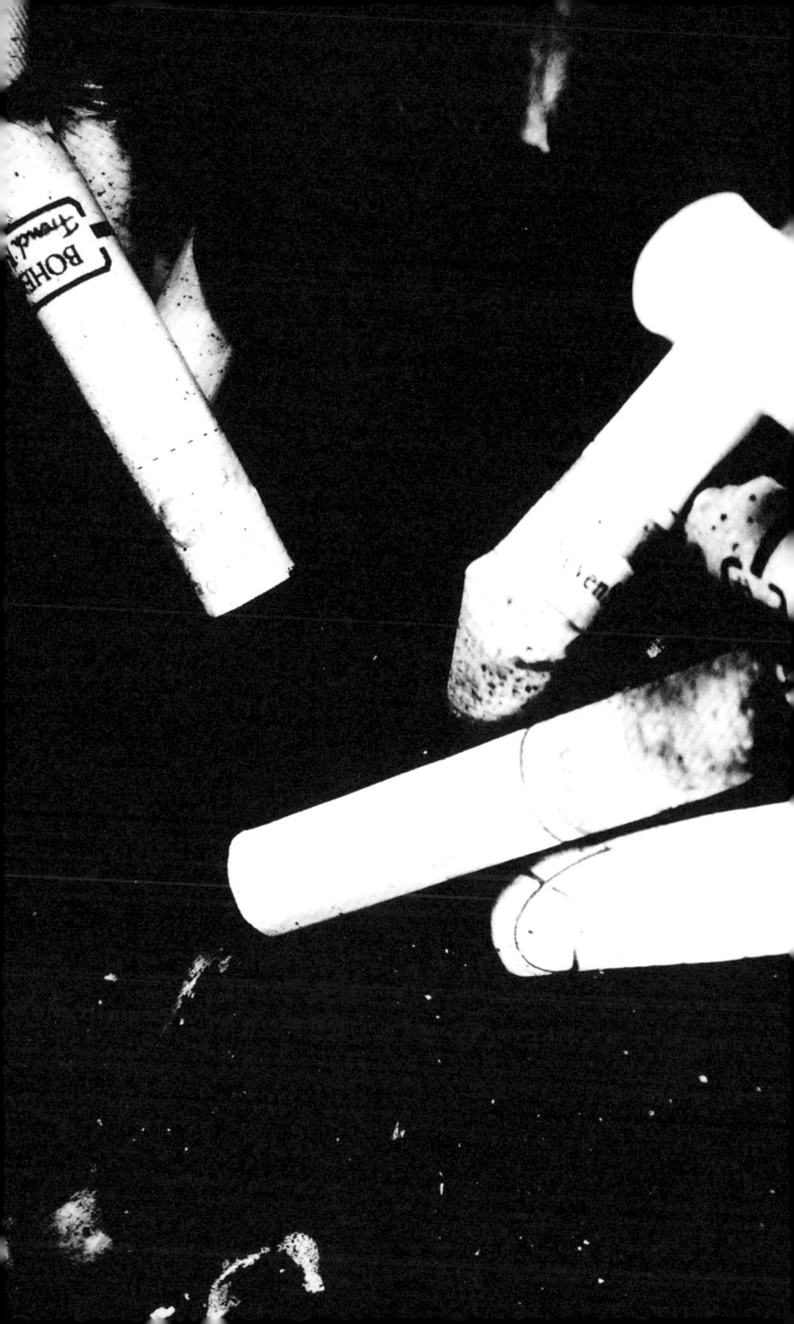

青春

迴廊發出聲響
於是期待
而你是否也如尋找快樂
花上三分鐘越過窗櫺
就能沉靜，在欲望之間
學會凝視

所剩無幾的日子裡倒數
翻閱新的脈絡，像親吻
更多的詩
有時並非閱讀而是浪費時間
在某行句子裡，注目

那最不起眼的一枚字
最後一天去過那棟樓
你不再靠岸，而我繼續
決定向前

子夜

倘若沉默
是一場夢，我們輕聲
舞著彼此的時間
直至日光找回溫熱
之後便是新的綻放

完美卻無法觸碰的你真實存在嗎？

繞著一顆星
轉動，能看見萬花筒；
物體上殘有你的影，鬼魅般
停留在肩上，眼神，或是其他
更透明的事物，直到
經過昨日的映射
時不時與你相遇
無須擔心
我們將墜毀於彼此：
在這段歷史
值得留戀過去的自己裡
沒有理由停止

無恙

實際上是最無奈的場合
把手機放在床頭
凌晨四時閃爍不停
於是翻躺、輾轉，而你
如同夏夜晚風
滲入夢的邊緣
在逐漸乾燥的空氣裡，交涉
全然陌生的過往
（那裡未曾有過我們）
還有一群人
尚未入眠。我明白
他們所鎮痛的，渴望錐蟲侵擾

假如昏睡便是無恙
那夢境亦無無明，已然苦之根本
是因未曾憂傷而難解傷害
其餘的時間
我們將日子繼續碾壓
罔顧夜晚的催化
子夜，在心頭蹣跚而舞
猶如即將飄零的淚水
傾淌著自己

自由

無光的喜悅，與寂寥一起
折射在有限的思想裡
有人來了，留下重量
記憶便有所期待，然而
日子往後

紙頁上蛀蝕字句、菸草、
以及尚未到達的象限
暗示著曾經的未來，假如
想像都是一種可能，凋謝亦是
在他方甦醒
而我便不再是安靜的，在無止盡的
選擇之間窮困

矛盾

寫詩就是如此，
則我分離在這些字句，
散落一地

受潮

多次感到自己不合時宜
熟睡的愛人
在夢的左翼，有些潮濕
想我是永遠的黑色
低吟的臉偶爾下雨

他的掌心裡握有繁星
我們嘗試相擁，然而
只是牽手
就能走進最深的
海潮，在愛人的目光裡暗伏

他的聲音催化時間
它們垂白，猶如櫻花
飄零在往後陰刻的深淺
我們假裝忘記
記憶遠從北方向南
讓自己受潮，也如他在夢境
我們的記憶
終究失敗，在任何錯置
的對白裡——

熟睡的愛人
低語著，被染上憂懼的晨霧

多次在自己的肌膚鑲嵌
他的藍色
此刻如是夢遊

善感

這一刻的我
又更加覺得
從某一個人的生命裡完全消失
是件溫柔的事

夢到一抹逆光的影子
其實還能偷偷睥見
他的笑容
散落太多時光
碎屑般掉在肩上
他從我身後變出了一朵小白花

是星期日下午的陽光。

在夢裡說了很多情話
明白自己
只想說給一個人聽
所有事物的速度跟著怠慢
開始在意一個人之後
連同對方傳訊的頻率
也跟著關心了起來

然後，就更慢更失落——
下大雨了。

花火

必須是最明亮的夜晚
我把星星都點亮了
而它們的蹤跡在夢裡存在
最靠近你的時候
便是熄滅，如同碎片
聚集著暖色的孤寂

每次經過，就丟失一部分的自己；
那些腐朽在另一人身上躺成肥沃，
寂寞時則生出一片眷戀的森林。

後記：詠嘆調

1

比如這些話還是可以留作祕密，偷偷地寫在紙上，變成一道逐漸癒合的疤。

帶著愛意繼續離開你，過了很久以後再說，其實寄回來的衣物，或是遺留的隨身物品，上面都沾有我曾喜愛的氣味；那些事物被放在櫥櫃裡大衣的口袋中，經過冬日與夏季，再次到來的冬天，然而，已經淡得什麼都沒有了。

而我好想你，像從未間斷過地，讓愛情低陷在嗅覺之間，想你的時候就會偷偷埋在被遺忘的角落之間，只剩洗衣粉的味道但那都像你。會在哭得難過的夜晚偷偷抱著你的氣味，假裝你在這裡，我們還沒分開。然後我走了，你又回來了，對話斷斷續續。現在我們都還在嗎？

我害怕忘記所以寫下所有能被形容的感覺，曾經，還想回到那個晚上，就把頭埋在你的耳後，偷偷親吻，偷偷說著：「我也喜歡你。」偶爾深深凝望彼此雙眼裡的光點。

輕輕地觸碰肌膚每一處，慢慢滑落在彼此之間，溫度悄悄上升，像從未擁抱過地陷入彼此胸膛，如此安穩地把全部都融化了。越來越靠近越來越靠近，直到，一切呼吸都有種甜膩感，親吻都在小小的，不可越過的邊界上，成了親密的接觸。

然後又偷偷嗅著，假裝，你還在這裡愛我。

2

每一次祝福都在睡著後實現；最近常常酣睡，想繼續待在夢中和你說話。或許我一直都在你的夢裡，只要輕輕走近，就能在你身邊哆嗦夢囈。

夢中夢之際，醒來之前，隱約可見你的唇語，我反覆念誦，在這幾日被藍色浸濕的破曉前，這一刻似乎炙手可及。回應著我們的思緒。

夢的空白是爲了填上記憶，所以遺失的。

3

「森林是海洋的戀人。」

交換彼此偶爾像信任遊戲，凝視他人，自己是不會被妥善接住的。那麼選擇相信，似乎也是一種幸福的悲傷。

我與愛人在彼此的擁抱之間尋找想念，大部分時間我們總思索某個時期，還未被傷的自己。

因爲完整，得以給予。

越發平淡的日子，發現，太過完整反而難以給予他人。傷與傷的氣息相互吸引，也相互彌補，在數以萬計的陰影中，裂縫偶爾會滲入光。

這幾日夜半總是難眠，獨自側躺蜷縮，看著一旁的愛人熟睡的模樣，試想信任或許就是如此——在全然陌生的個體尋索想像的靈魂；人們總是無條件投降，沉溺在彼此的雙眼裡。

偶爾親吻他，某日或許明白，所謂相安無事，總不是在最接近愛的本身，而是在同時迷惘的步途上，在他人眼底，也在最日常的時候，找到屬於自己的身影。

比如一起站在警察還未管制的交流道上，一起看著遠方的車河燈火闌珊，叛逆地走在搖滾樂的草皮間；或是夕陽遲遲未離，與天際線在交界處親吻；頭上飛過好幾架噴射機，雲曳線上語了一些新的詞彙——

而我想寫詩，在風裡有你的名字，

回望時，原來你也在這。

言寺
64

作　　者　柏　森
總 編 輯　陳夏民
責任編輯　達　瑞
設　　計　adj. 形容詞

出　　版　逗點文創結社
地　　址　330 桃園市中央街 11 巷 4-1 號
信　　箱　commabooks@gmail.com
電　　話　03-335-9366
傳　　眞　03-335-9303

總 經 銷　知己圖書股份有限公司
台北公司　台北市 106 大安區辛亥路一段 30 號 9 樓
電　　話　02-2367-2044
傳　　眞　02-2363-5741
台中公司　台中市 407 工業區 30 路 1 號
電　　話　04-2359-5819
傳　　眞　04-2359-5493

製　　版　軒承彩印刷製版有限公司
印　　刷　通南彩色印刷有限公司
裝　　訂　智盛裝訂股份有限公司

ＩＳＢＮ　978-986-96837-9-1
定　　價　350 元

初版一刷　2019 年 10 月

國家圖書館出版品預行編目（CIP）資料｜灰矮星／柏森 作 .── 初版 .
── 桃園市：逗點文創結社 2019.10　192 面；11.5×17.5 公分（言寺；64）
ISBN 978-986-96837-9-1（平裝）　863.51　　108013506

灰矮星